Maison Montessori
Salle 204

Chrystine Brouillet

LE VENTRE
DU SERPENT

Illustrations
de Nathalie Gagnon

la courte échelle
Les éditions de la courte échelle inc.

Les éditions de la courte échelle inc.
5243, boul. Saint-Laurent
Montréal (Québec) H2T 1S4

Conception graphique:
Derome design inc.

Révision des textes:
Lise Duquette

Dépôt légal, 2e trimestre 1996
Bibliothèque nationale du Québec

Données de catalogage avant publication (Canada)

Brouillet, Chrystine

    Le ventre du serpent

    (Roman Jeunesse; RJ58)

    ISBN 2-89021-262-9

    I. Gagnon, Nathalie. II. Titre. III. Collection.

PS8553.R6846V46   1996   jC843'.54   C95-941780-X
PS9553.R6846V46   1996
PZ23.B76Ve   1996

À Jean Rochette

Chapitre I
Le voyage à Québec

J'adore papa! Il est formidable! Il a réussi à obtenir, pour Arthur et moi, des billets pour le spectacle de Christale T. Et il m'a promis une autre surprise. Dans l'autobus vers Québec, j'essayais de deviner ce que ce serait.

— Lis donc au lieu de regarder ta montre, a dit Arthur qui m'accompagnait.

Il s'est replongé dans la lecture d'un ouvrage sur la photographie. J'ai pris le roman que j'avais apporté, mais j'étais incapable de me concentrer.

J'ai enfin vu le pont de Québec! Papa était venu nous chercher à la gare. Il m'a serrée très fort dans ses bras, puis il a pris nos sacs à dos et les a déposés dans la voiture. Dès qu'on a fermé les portières, il s'est mis à pleuvoir.

— On va manger au Vieux-Port, a annoncé papa.

— On pourrait prendre le traversier?

ai-je demandé. Arthur n'a jamais fait ce trajet.

— Quand il fera beau, ma chérie. On a tout le temps.

En sortant du restaurant, la pluie avait cessé et on s'est promenés sur la terrasse Dufferin. Le fleuve Saint-Laurent était toujours aussi majestueux, aussi beau. Je suis émue chaque fois que je le contemple.

Papa nous a proposé de faire un tour de calèche.

— Ah! la surprise! me suis-je écriée.

— Non, ma surprise est bien plus... étonnante. Mais vous ne saurez rien avant demain matin.

Dans la calèche, j'ai tenté de soutirer quelques indices à papa: il était muet comme une carpe. On a sillonné les rues du Vieux-Québec lentement. C'était très agréable.

— C'est ici qu'aura lieu le spectacle de ton idole, a dit papa en me montrant une scène extérieure. Cette chanteuse est si bonne que ça?

— Christale est la meilleure au monde, ai-je affirmé.

Papa a souri. Nous sommes descendus devant le Château Frontenac et Arthur a donné un morceau de chocolat à notre cheval. Plus tard, on est rentrés à l'appartement de papa.

Avant de se coucher, on a mangé des biscuits. Papa a ouvert le canapé du salon et a fait notre lit. J'avais envie de parler avec Arthur, mais il s'est endormi cinq secondes après avoir posé la tête sur son oreiller. C'est incroyable qu'il puisse s'endormir si vite alors qu'il est si lent dans la journée!

Le lendemain, quand je me suis réveillée, j'ai secoué Arthur.

— Qu'est-ce qui se passe? a-t-il marmonné d'une voix ensommeillée.

— La surprise! Je vais voir papa.

— Je ne sais pas si ce sera une bonne surprise pour lui!

— Tu crois que je devrais attendre un peu?

Arthur a hoché la tête. Il s'est levé et on a pris notre jus d'orange sans faire de bruit. Ensuite, on a mangé des tartines.

— Et si on cherchait la surprise? Papa l'a sûrement cachée quelque part.

— Non, Andréa-Maria, a dit papa en entrant dans la cuisine. Je n'ai rien caché du tout.

— Et la surprise?

— Ce midi, tu sauras tout! a promis papa. Je dois travailler aujourd'hui. Aussi, je vous emmène chez Claude et Michèle. Ce sont de très bons amis qui ont une fille de votre âge, Anora.

— Ah! ai-je protesté, déçue.

— Chérie, Anora est très gentille. Vous vous entendrez sûrement bien avec elle. Elle vous fera visiter le village huron.

J'ai soupiré. Les parents sont incorrigibles. Il faut toujours qu'ils nous présentent des amis. Moi, je n'amène jamais personne à mon père! Sauf Arthur!

Papa nous a expliqué que la mère d'Anora est amérindienne et historienne.

— Et son père?

— Il est illustrateur et peintre. Vous verrez ses toiles. C'est très beau. Très moderne.

Arthur m'a fait un clin d'oeil et j'ai failli pouffer de rire. Si papa avait les mêmes goûts que sa mère, les peintures de Claude devaient être très étranges. La mère d'Arthur, comme maman d'ailleurs, aime les dessins avec des ronds, des carrés et des lignes toutes croches. Pourtant, quand j'étais petite et que j'en avais dessiné sur les murs, maman m'avait disputée. Bizarre...

Anora et ses parents habitent une maison blanche: les roses trémières se détachent nettement contre le mur. C'est très joli. Il y a aussi des pois de senteur et de l'ancolie.

Un petit chat noir a couru vers nous quand nous sommes arrivés. Anora est sortie très vite derrière lui et l'a attrapé avant qu'il croque un papillon qui se reposait sur une fleur d'ancolie.

— Il ne faut pas manger ces fleurs, Zorro! C'est poison.

Anora nous a regardés. Elle avait des cheveux noirs très épais.

— J'ai un chien, ai-je dit. Il s'appelle Sherlock. Et moi, Andréa. Lui, c'est Arthur.

Nous sommes entrés dans la maison où nous attendaient les parents d'Anora.

— Ouf! Quelle chaleur! Voulez-vous du thé glacé? a proposé Mme Vincent.

On a accepté avec enthousiasme. Papa a expliqué qu'il devait aller à Baie-Saint-Paul, mais qu'il reviendrait nous chercher le lendemain en fin de journée.

— Les enfants vont s'amuser, l'a rassuré M. Vincent. Ne t'en fais pas.

— On ne manquera pas le spectacle de Christale T., j'espère? me suis-je inquiétée.

— Oh non! s'est écriée Anora.

— Tu l'aimes aussi? a fait Arthur.

— C'est la plus grande, la meilleure, la

super des super! me suis-je exclamée.

Anora se pinçait les lèvres pour ne pas rire.

— Il y a quelque chose de drôle? ai-je demandé.

Anora a secoué la tête, mais elle était incapable de prononcer un mot. Papa aussi souriait de toutes ses dents, ainsi que Michèle et Claude.

— Mais qu'est-ce qui se passe? J'ai seulement dit que Christale T. est la plus géniale.

— Ça me fait très plaisir d'entendre ça, a lancé une voix derrière moi.

C'était Christale T.! En chair et en os.

Chapitre II
Christale T.

C'était elle, la surprise!

Je me suis tournée vers papa. Ses yeux pétillaient de plaisir alors qu'il s'avançait vers Christale.

— Je vous présente ma fille Andréa-Maria.

Christale m'a tendu la main et je l'ai serrée très fort pour me persuader que je ne rêvais pas.

Arthur avait les yeux ronds comme des billes, mais il a réussi à se présenter à Christale. Elle lui a dit qu'elle aimait beaucoup son prénom. Arthur est devenu tout rouge.

— Vous vous connaissez? ai-je demandé à papa.

— Oui, a répondu Christale. Mon vrai nom est Christiane Turgeon. Claude et Michèle sont mes parrain et marraine. Maman est une cousine de Claude.

— Quand je suis venu ici la semaine

dernière, a expliqué papa, Anora m'a parlé
du spectacle de Christale. Elle m'a raconté qu'elle la connaissait, que c'était la
filleule de Claude. Je me suis souvenu
qu'elle était ton idole...

— C'est la plus belle surprise du monde! J'ai hâte que Anne-Stéphanie Dubois-
Barbancourt apprenne ça!

— Qui est Anne-Stéphanie?

Arthur a grimacé:

— La fille la plus snob de toute la province de Québec. Elle vient à notre école. Pouvez-vous nous signer un autographe?

— Encore mieux! a renchéri Claude. Je vais prendre une photo de vous avec Christale.

Claude a emprunté l'appareil photo d'Arthur. Christale s'est assise dans le grand fauteuil et on l'a entourée. C'était super!

Christale a répondu patiemment à toutes nos questions. Je regrettais de ne pas avoir apporté mon magnétophone pour l'enregistrer, mais elle a promis de nous donner une entrevue une autre fois.

— C'est pour le *Sherlock*, le journal de notre école, ai-je expliqué.

— On y relate les aventures de deux jeunes un peu trop téméraires, a précisé papa.

— On est seulement un peu curieux, ai-je protesté.

— J'ai prévenu Claude de votre prédilection pour le mystère, a averti papa. Je veux que vous me promettiez d'être prudents durant mon absence.

— Il ne se passera rien ici, a assuré la mère d'Anora. Loretteville est une petite ville plutôt tranquille.

— J'aime mieux ça, a fait papa.

— Ce serait différent si on trouvait le trésor, a dit Anora.

— Quel trésor? ai-je aussitôt demandé. Mme Vincent a soupiré:

— C'est une obsession! Anora croit à la légende.

— Quelle légende?

— Il paraît qu'un trésor a été caché dans un souterrain creusé il y a plus de deux cents ans entre les chutes et l'église du village huron. Cette légende s'est transmise de génération en génération. Plusieurs ont cru à l'existence du trésor et ont tenté de le trouver. Sans succès... D'autres pensent qu'il s'agissait du trésor de Bigot et que celui-ci l'aurait enterré ailleurs.

— Bigot? s'est étonné papa. L'intendant?

Mme Vincent nous a expliqué qu'à Québec, vers 1750, l'intendant Bigot avait amassé énormément d'argent en exploitant les colons. Il avait finalement été banni, mais il avait caché son trésor pour éviter qu'on le lui enlève.

— On suppose qu'il est enterré près d'ici, quelque part entre le moulin des Mères et Charlesbourg.

— Ce n'est pas tellement précis!

— C'est une légende! Si on savait exactement où est enfoui le butin de Bigot, il n'y aurait plus de mystère...

— Mais il existe pour de vrai! s'est exclamée Anora. J'en suis certaine!

— On n'a trouvé ni le trésor de l'intendant ni le souterrain, a rétorqué Claude.

— On est censés voir l'entrée du souterrain quand on descend en bas de la chute! a protesté Anora.

— Des dizaines et des dizaines de

rêveurs ont marché près de cette supposée entrée, a repris Claude, et personne n'a rien vu. L'été, quand la rivière est basse, l'escarpement est très net: on ne distingue aucune ouverture. Il n'y a que de grands galets trop glissants pour les enfants. Un petit garçon est déjà tombé dans la rivière.

— Parfois, on regarde mal, s'est entêtée Anora.

— Tu crois à ce trésor? ai-je demandé.

— Bien sûr!

— C'est toi, mon trésor, a dit sa mère. Et personne ne pourra jamais me convaincre qu'un butin vaut plus que toi!

— J'aimerais bien aller voir ces fameuses chutes, ai-je déclaré.

— Si vous trouvez le trésor, a ajouté Christale, vous viendrez me le montrer dans ma loge, après le spectacle.

Papa lui a fait un clin d'oeil. Anora s'est fâchée:

— Vous vous moquez de moi, mais vous avez tort! Le passage secret et le trésor existent. Un jour, je les trouverai!

— Bravo! ai-je applaudi.

Finalement, Anora n'était pas aussi timide qu'elle en avait l'air!

Christale lui a passé la main dans les

cheveux, puis elle s'est levée:

— Je dois aller répéter pour le spectacle! Vous trouverez des billets à votre nom à l'entrée.

On a embrassé Christale et papa qui partaient. Ensuite, Mme Vincent nous a apporté des légumes, de la trempette et des petites rôties tartinées d'une délicieuse garniture.

— Qu'est-ce que c'est? a questionné Arthur.

— Du pemmican, a répondu Mme Vincent. C'est de la viande d'orignal séchée. Quand elle est bien durcie, on la râpe et on mêle la poudre obtenue avec de l'huile ou de l'eau. Très nutritif!

— Et bien meilleur que du brocoli! ai-je affirmé.

— C'est l'ancêtre des produits déshydratés, a conclu Anora. Mon arrière-grand-père en mangeait aussi dans son temps.

— Allez porter les pains et la viande à Claude sur la terrasse, a dit Mme Vincent. J'apporte les condiments.

Chapitre III
Kabir Kouba

Le père d'Anora avait préparé le barbe-cue pour y cuire les hamburgers. Il a déposé les boulettes de viande sur la grille tout en nous expliquant qu'il avait toujours cru que Christale avait du talent. Autrefois, elle voulait être physicienne.

— Pourquoi a-t-elle abandonné cette idée? a demandé Arthur.

Claude Vincent s'est gratté le dessus de la tête, l'air indécis:

— Elle n'a pas renoncé à ce projet. Elle utilise bien des principes de physique dans ses spectacles avec des éclairages et des sons étranges. «Je préfère recevoir l'énergie de la foule venue m'entendre plutôt que de créer de l'énergie en laboratoire», m'a-t-elle déjà raconté. Elle a toujours été originale.

— J'ai hâte de montrer nos photos à Anne-Stéphanie, me suis-je moquée.

— Cette fille doit ressembler à Charles-Olivier Lavoie-Bolduc, a soupiré Anora.

Une espèce de prétentieux! Lui aussi va baver d'envie en voyant les photos de Christale.

— Oubliez-les donc! a dit Mme Vincent. Vous êtes en vacances!

— Tu ne connais pas Charles, a fait Anora.

— J'avais un Norbert qui était très désagréable dans ma classe, a répliqué Mme Vincent.

— Il l'est toujours, a précisé son mari. Il n'a guère changé.

— Tu le vois encore, maman?

— Il est historien, comme moi. On se croise parfois à l'université. Il veut toujours attirer l'attention.

— Norbert Lemelin est pédant, a déclaré M. Vincent.

— Tu n'as pas l'air de l'aimer! a remarqué Anora.

— C'est un fumiste! Il pond des théories qui ne reposent sur rien de concret et il prétend qu'il saura récrire l'histoire du Québec! Il a fait un scandale parce qu'il n'a pas obtenu de bourse pour écrire sa soi-disant thèse.

Mme Vincent a secoué la tête d'un air désolé:

— Je le plains. Je crois qu'il est un peu dérangé...

Après le repas, Anora nous a proposé de visiter le village huron et d'aller à la chute Kabir Kouba.

— Ça signifie «la rivière aux mille détours». Selon la légende, un serpent en aurait creusé le lit.

Dès qu'on a quitté la maison, Arthur a demandé à Anora si elle avait déjà cherché le trésor de la chute.

— Je me suis renseignée auprès de tous ceux qui m'ont parlé de cette légende. Ils sont descendus au bord de la rivière et n'ont rien vu... Pourtant, l'ouverture doit exister!

— Ce serait formidable de découvrir ce trésor! a dit Arthur.

— On pourrait en parler dans le *Sherlock*!

On a arpenté les rues du village: il n'y avait pas de tipi, contrairement à ce que prétendait Anne-Stéphanie. Elle raconte toujours n'importe quoi! On a toutefois visité une reconstitution d'une maison longue, où on nous a expliqué comment vivaient les anciens Hurons, et une grande tente où on vendait de l'artisanat.

Arthur et moi avons choisi chacun un collier de cuir. J'aurais bien aimé acheter une robe de peau perlée. J'aurais eu l'air d'une princesse huronne, même si je n'ai pas encore les cheveux assez longs pour me faire des tresses.

Anora nous a guidés jusqu'à la chute. On est passés devant une vieille maison brune aux vitres brisées. Puis, on a traversé le pont pour mieux admirer le panorama.

— L'ouverture doit se trouver en bas de la chute, a dit Anora. Juste après les piliers du pont.

J'ai eu beau plisser les yeux, je ne voyais rien.

— C'est normal qu'on ne distingue rien, a expliqué Anora, sinon tout le monde saurait où est l'entrée du souterrain. On doit descendre, longer la rivière jusqu'à la chute et s'en approcher vraiment.

— Ton père nous a prévenus que c'était glissant, ai-je rappelé. Je sais nager, mais les rapides de la rivière sont... rapides!

— J'ai un plan: il faudra s'attacher à un gros rocher. Si on glisse, on ne sera pas emportés par le torrent. Le problème, c'est de faire tout ça discrètement. Du pont, tout le monde peut nous voir. Et aller prévenir mes parents!

Anora nous a proposé une promenade dans le bois.

— Vous verrez, c'est très beau. Et, comme il a plu hier, on trouvera peut-être de bons champignons.

Décidément, Anora me plaisait. On s'est avancés lentement dans la forêt. Ça sentait si frais! Une odeur de sapinage embaumait l'air. Les oiseaux chantaient et les écureuils couraient d'une cachette à l'autre. J'ai mangé des framboises sauvages, mais Anora nous a mis en garde contre les jolies petites baies rouges:

— Vous vomiriez toute la nuit!

— Il fait chaud, ai-je dit.

— Allons à la source!

D'un immense rocher s'écoulait un filet d'eau. On a bu avec nos mains et l'eau était bien meilleure que celle du robinet. Anora nous a suggéré de descendre une des côtes qui mènent à la chute.

On l'a suivie avec mille précautions. Un talus très escarpé permettait d'atteindre un premier palier. De là, on entendait la chute gronder.

— On peut continuer jusqu'en bas, a proposé Anora. Mon cousin y est déjà allé.

Au même instant, on a entendu un coup de tonnerre.

— On ferait mieux de rentrer si on ne veut pas se faire mouiller, a conseillé Arthur.

— On reviendra. On pourrait peut-être marcher sur les grandes pierres plates jusqu'à la chute.

— Qu'est-ce que tu ferais si tu trouvais le trésor dans le souterrain? ai-je demandé à Anora.

— Je le vendrais à un musée.

— Un musée?

— On pense que l'intendant Bigot avait caché des pièces d'orfèvrerie religieuse: des calices, des ciboires, des ostensoirs. Je préférerais profiter de l'argent de leur vente.

— Mais Charlesbourg est à quelques kilomètres d'ici. Si le trésor est caché là-bas, on n'a aucune chance de le trouver! Le souterrain ne peut pas être aussi long!

— Je sais. On prétend que le passage secret va de l'église à la chute, ce qui fait à peine 100 mètres. Moi, je suis persuadée que Bigot n'a pas enfoui son trésor à Charlesbourg.

— Pourquoi?

— Parce qu'il y habitait. Il faudrait être idiot pour enterrer son butin sur ses propres terres. Il paraît que le souterrain est une sorte de cave voûtée. Ces caves faisaient habituellement partie des maisons religieuses. L'intendant Bigot connaissait évidemment toutes les communautés de la Nouvelle-France. Il avait sûrement visité leurs établissements. Les Jésuites étaient installés tout près de la chute.

En passant sur le pont, j'ai jeté un sou dans la rivière en faisant le voeu de découvrir le souterrain.

Chapitre IV
Un enlèvement

On a couru jusqu'à la maison d'Anora. La pluie avait redoublé d'intensité et on était trempés comme des soupes en poussant la porte.

Tout de suite, on a compris qu'il était arrivé quelque chose de grave, car la mère d'Anora ne nous a pas dit de nous essuyer les pieds.

— Qu'est-ce qui se passe? s'est alarmée notre amie.

M. Vincent était à la fois furieux et effrayé:

— C'est Christale! Elle a disparu!

— Quoi? ai-je crié.

— Elle a été kidnappée, a commencé Mme Vincent. Et on...

— C'est impossible! a protesté Anora. Pas Christale!

M. Vincent a serré Anora dans ses bras, puis il m'a regardée:

— C'est ton père qui nous a prévenus,

avant qu'on l'annonce au journal télévisé. Il sera ici tantôt.

— Il n'est pas à Baie-Saint-Paul?

— Non.

— Il paraît que nous sommes les dernières personnes à avoir vu Christale, a ajouté M. Vincent.

— Qui l'a kidnappée? ai-je demandé.

— On ne sait pas, a murmuré Mme Vincent. Mais si je tenais le monstre qui a pu faire une chose pareille, je le...

Elle a fait signe qu'elle lui tordrait le cou. Et même si Mme Vincent était plutôt menue, je ne doutais pas de sa force.

— Qu'est-ce qu'on peut faire? a bredouillé Anora.

— Répondre aux questions que les policiers vont sûrement nous poser.

— Qu'a dit papa exactement? ai-je demandé.

— Il a reçu un appel téléphonique à la salle des nouvelles où il travaille. Son interlocuteur tenait à lui parler personnellement. Il lui a annoncé qu'il détenait Christale et qu'il avait déposé une lettre à la réception du journal. Ton père a d'abord cru à une plaisanterie, mais effectivement, une enveloppe l'attendait. Marc a lu la lettre. Elle était en vers.

— Comme un poème?

— Oui, mais d'un goût douteux. Le ravisseur, qui signe «La Tortue», affirme qu'il rendra Christale contre un million de dollars. C'est tout ce que ton père a eu le temps de m'apprendre.

— Regardons le journal télévisé, a proposé Mme Vincent. C'est l'heure.

C'était malheureusement vrai. Christale avait bien été enlevée. Un journaliste semblait avoir des rapports privilégiés avec le ravisseur, qui lui avait écrit. Après avoir consulté les policiers, il avait été autorisé à rendre publique la missive du kidnappeur, car on croyait que telle était la volonté de ce dernier.

On a vu papa à l'écran. Il paraissait très tendu. Il a commencé à lire la lettre:

Je suis La Tortue
J'ai Christale T.

Je veux des billets usagés
Sinon, adieu la Tordue
Elle sera brûlée
Comme la sorcière de l'été
Un million «cash», les amis

Pour votre poupée
Qui pousse bien des cris
Dans le noir
Parlez aux journalistes
Aux photographes
Christale est habituée
Aux autographes
Et serait très triste
De ne pas être citée
À la une, ce soir...

Cherchez la grande maison
Vide, verte, mal isolée,
Où Chris perdra la raison
Avant les festivités...

La Tortue

— C'est un malade! a gémi Mme Vincent.

À la télévision, papa répondait aux questions d'un de ses collègues. Il disait que l'individu qui l'avait appelé s'exprimait avec aisance, mais qu'il ne savait pas pourquoi le ravisseur l'avait choisi comme «porte-parole». Papa espérait négocier le mieux possible avec la Tortue et les autorités policières.

En complément d'information, on annonçait que le spectacle de Christale était remis à une date ultérieure. Comme si on ne l'avait pas deviné!

J'avais hâte que papa revienne pour en savoir plus long.

— Tu risques d'attendre, ma chouette, m'a prévenue Mme Vincent. Les enquêteurs vont certainement parler longuement avec ton père. Je suppose qu'on mettra sa ligne sur écoute.

— J'ai bien peur qu'il y ait un lien entre le fait que je sois le parrain de Christale et l'ami de ton père, a dit M. Vincent. Et que ce lien ait poussé le ravisseur à choisir Marc comme interlocuteur.

On a sonné à la porte et Mme Vincent a fait entrer deux policiers. Ils nous ont informés que l'imprésario de Christale, M. Wegerich, avait attendu cette dernière durant deux heures à son hôtel. Il avait téléphoné à tous les gens susceptibles de l'avoir vue, mais personne ne pouvait le renseigner.

— M. Wegerich a alors communiqué avec nous, mais le journaliste nous avait déjà prévenus. Il venait de recevoir la lettre.

— C'est mon père.

— Il a fait ce qu'il fallait, a déclaré un des enquêteurs. Maintenant, j'aimerais que vous me décriviez votre rencontre avec Christale T.

— On a pris des photos, a dit Arthur.

— Pour rendre Anne-Stéphanie jalouse!

Le policier nous a souri, puis s'est tourné vers M. Vincent.

— Continuez, s'il vous plaît.

— Les enfants vous ont tout raconté. Christale était pressée. Elle est passée ici en vitesse, juste pour faire une surprise aux enfants. Ils lui ont parlé de son spectacle, on a pris des photos et elle est repartie.

— Comment était-elle?

— Belle... a soupiré Arthur.

L'enquêteur a encore souri.

— Avait-elle l'air inquiète?

— Non... Oui... hésita M. Vincent. Enfin, elle avait le trac, comme toujours avant un spectacle.

— Se serait-elle confiée à vous si elle avait reçu des menaces?

Mme Vincent a secoué vivement la tête:

— On l'aurait su. Christale ne peut rien nous cacher.

— Connaissez-vous quelqu'un qui la détesterait assez pour l'enlever ou la faire enlever? a repris l'enquêteur.

M. Vincent a soupiré:

— Non. Tout le monde aime Christale. Elle a du succès, mais elle n'est pas prétentieuse pour autant.

— Et un fan... un peu trop enthousiaste ne l'aurait pas kidnappée, a déclaré le policier.

— Pourquoi? ai-je demandé.

— Il n'aurait pas exigé de rançon si ce qu'il désirait était un moment d'intimité avec sa vedette préférée, a-t-il expliqué. Il s'agit donc d'un type qui veut de l'argent.

— Qui va payer le million? s'est inquiétée Anora.

— Son imprésario. C'est du moins ce qu'on annoncera.

— Dans les journaux?

— Le ravisseur lui-même veut qu'on parle aux journalistes, a dit le policier. Il ne faut pas le contrarier pour l'instant. Il doit se croire le plus fort.

— C'est un peu le cas en ce moment, ai-je murmuré.

Anora s'est mise à pleurer. Arthur et moi l'avons entourée:

— On retrouvera Christale!

Chapitre V
La Tortue

M. Vincent raccompagnait les policiers quand papa est arrivé. Il semblait fatigué. Il s'est laissé tomber dans un fauteuil en poussant un grand soupir.

— Quelle journée!

M. Vincent lui a tendu un apéritif:

— Excuse-moi, Marc. Je crois que c'est ma faute si tu es dans ce pétrin.

Papa a balayé ces propos d'un geste large:

— Tais-toi, je serai heureux si je peux servir à quelque chose. L'important est de découvrir l'identité du ravisseur au plus tôt.

— Quelle voix avait-il?

— Grave. Il s'exprimait avec aisance. N'oublions pas qu'il a rédigé l'énigme en vers.

Papa a tiré de sa poche une photocopie de la lettre:

— Les enquêteurs ont gardé l'original pour chercher des indices, mais on sait déjà que la Tortue n'a pas laissé d'empreintes.

— Bizarre, ce pseudonyme, a observé M. Vincent. S'il avait choisi l'Aigle, ou le Lion, j'aurais compris. Mais qui a envie d'être identifié à une tortue?

— Le ravisseur doit savoir ce qu'elle symbolise, a avancé Mme Vincent. La tortue représente l'Univers. Sa carapace, en forme de dôme, ressemble au ciel, et son ventre plat à la Terre. La tortue est aussi importante en Chine, où on l'associe aux phases de la Lune, qu'en Extrême-Orient, en Afrique ou au Tibet, chez les Japonais ou chez les Mayas.

— Et ici?

— Selon un mythe d'origine algonquine, la Grand-mère des hommes, une sorte de déesse, serait tombée du ciel dans la mer. La tortue l'aurait recueillie sur son dos et un rat musqué l'aurait couverte d'une boue venant du fond de l'océan. Une île aurait ainsi été formée. Cette île serait la Terre.

— Notre Terre?

— Oui. Quant aux Iroquois, ils racontent que la Grande Tortue aurait remis deux épis de maïs à l'un des premiers hommes de la Terre. Un épi prêt à être mangé et l'autre assez mûr pour être semé.

La tortue est vraiment respectée dans le monde entier. Son étonnante longévité est souvent associée à l'immortalité.

— Immortalité, respect, symbole de l'Univers, a résumé Arthur. Si le ravisseur signe «La Tortue», c'est qu'il se croit supérieur.

— Tu as entièrement raison, Arthur, a approuvé papa. Le ravisseur est un être déséquilibré, mais intelligent. Il le sait et pense qu'il peut berner tout le monde. Il est assez sûr de lui pour envoyer des lettres aux journaux. Il veut être célèbre. Il n'y a pas que la rançon qui le motive. Si c'était le cas, il ne se serait pas adressé à moi, qui suis reporter.

— Il aurait communiqué directement avec l'imprésario?

— Oui, et il n'aurait pas pondu une énigme rimée.

— Les policiers ont-ils une piste? ai-je demandé.

Papa a secoué la tête:

— C'est trop tôt, mais une équipe tente de déchiffrer le message.

— En tout cas, a dit Anora, quand le ravisseur parle de «festivités», il doit s'agir du pow-wow. C'est ici, après-demain.

M. Vincent a froncé les sourcils et il a relu la lettre:

— Tu dis peut-être vrai, ma chérie. Mais qui serait «la sorcière»?

— Mme Caron.

— Anora! Ce n'est pas très gentil. Mme Caron est si âgée.

Anora nous a expliqué qu'elle et ses amis avaient peur de passer devant la maison de Mme Caron quand ils étaient petits.

— On l'appelait la sorcière. Elle avait de grands ongles et de la barbe. Quand elle nous voyait autour de chez elle, elle sortait sa carabine.

— Elle doit être morte maintenant, a dit M. Vincent.

— Non, a rétorqué Mme Vincent, j'ai rencontré une de ses anciennes voisines qui m'a appris qu'elle vivait maintenant dans un centre d'accueil pour personnes âgées.

— Elle doit trouver ça petit, a fait Anora. Elle avait une si grande maison. Je vous l'ai montrée tantôt quand on a traversé le pont.

— La vieille maison verte! s'est exclamé Arthur.

— Verte? Non, elle est brune, s'est

empressée de corriger Anora.

— Arthur est daltonien, ai-je expliqué. Il voit souvent d'autres couleurs que nous. Et...

J'ai claqué des doigts:

— Si le ravisseur aussi est daltonien, il voit la même chose qu'Arthur!

M. Vincent a paru incrédule, mais papa a relu la lettre et a demandé si la maison était vide et mal isolée.

— Oui! Toutes les vitres sont brisées et elle est vouée à la démolition!

— Il faut aller voir! me suis-je écriée. Au pire, on se sera trompés...

— Andréa a raison! a approuvé papa. Je vais prévenir les enquêteurs.

***

On s'est rendus rapidement à la vieille maison. Papa nous a empêchés d'entrer:

— Attendons les policiers. Il peut y avoir du danger. Et si le ravisseur était là? On mettrait notre existence et celle de Christale en péril.

Deux hommes en uniforme sont arrivés. Papa leur a fait part de nos déductions. Ils ont paru sceptiques:

— Votre histoire est tirée par les cheveux. Cette maison est brune et elle a toujours été brune! Mais on va l'inspecter...

Suivi de son collègue, l'un des policiers a lentement poussé la porte. Ils ont attendu quatre ou cinq secondes avant de se glisser à l'intérieur. Au bout de quelques minutes, M. Vincent est aussi entré, puis papa, puis nous.

Heureusement que les agents s'étaient munis de lampes de poche, car la maison était sombre. Elle était vide, excepté une vieille chaise bancale et une table à la peinture écaillée. Mais il y avait des traces dans la poussière qui les recouvrait.

— Quelqu'un est venu ici récemment, en a déduit papa.

— Oui, a admis l'un des policiers. Mais rien ne nous permet de croire qu'il s'agit du ravisseur. Des gamins viennent souvent dans cette maison abandonnée, même si c'est interdit. D'ailleurs, je préférerais que vos enfants sortent. Ce n'est pas un endroit pour eux.

— C'est nous qui avons déchiffré le message! a répliqué Arthur. On trouvera peut-être autre chose!

L'agent a soupiré quand Anora a poussé

un gémissement en trébuchant. Son père s'est précipité vers elle.

— Je n'ai rien. J'ai buté contre... ça.

Les policiers ont dirigé leurs lampes vers Anora. Elle tenait une bouteille dans ses mains. En l'examinant, on a vu un bout de papier dépasser du goulot. Il y avait une lettre dans la bouteille!

— Le message d'un naufragé, peut-être! a dit Arthur.

— Sûrement une plaisanterie des enfants qui viennent jouer ici, a rétorqué l'un des agents.

Anora a fait glisser le papier hors du goulot. Elle a déroulé la missive. Son père a tout de suite reconnu la signature:

— La Tortue!

— Quoi? s'est écrié le policier. Donnez-la-moi!

Anora a hésité un moment avant de la tendre à l'agent, qui l'a lue rapidement avec son collègue. Ce dernier a tiré un sac en plastique de la poche de son uniforme pour y ranger la lettre.

— Hé! On veut savoir ce qui est écrit! ai-je protesté. C'est grâce à nous si vous avez autant d'indices!

Papa m'a approuvée:

— Sans les enfants, vous n'auriez rien.
Et, de toute manière, la Tortue veut que je
sois au courant de tout. Le ravisseur parle
encore de moi, j'en suis certain.

Le policier a levé les yeux au ciel, puis
il nous a lu la lettre:

48

Pauvres renards
Méchants limiers
Vous êtes arrivés
Un peu trop tard
J'ai amené Christale T.
Dans la rousse vallée
Pieds et poings liés
Bouche cousue
Pour l'éternité.

À minuit,
Je veux rapporter
Du lieu-dit
Le rocher maudit
Où pousse la fleur du démon
Un bien joli million

Chercherez-vous la vallée
Ni verte ni fleurie
Qui a oublié ses rois
Mais votre princesse gémit
Près des bois
Elle sait bien
Qu'elle sera brûlée
Trahie par les siens
Qui l'ont oubliée
Trop radins...

Mon pisseur de copie préféré
Laissera le courrier
En coupures usagées
Dans un sac rouge.
Que personne ne bouge!
Je téléphonerai
Au bureau du messager
Dans la soirée...

La TORTUE

Chapitre VI
Un lieu-dit

— C'est un fou! a déclaré M. Vincent.

— De quelle vallée peut-il bien parler? a demandé Arthur.

Le policier a replié précautionneusement la feuille de papier. De nouveau, il a balayé la pièce du rayon de sa lampe de poche, s'assurant qu'aucun indice ne lui avait échappé. Il a tendu la lettre à son collègue, qui est sorti immédiatement de la maison. On l'a imité.

— Qu'en pensez-vous? a demandé le policier à papa.

— Je n'aime pas ça.

— Pourquoi vous a-t-il désigné?

Papa s'est passé la main dans les cheveux:

— Je n'en ai aucune idée, je l'ai déjà dit aux autres enquêteurs. Je ne sais pas qui est la Tortue, ni ce qu'elle me veut.

— Elle souhaite que vous lui remettiez la rançon.

Papa a regardé dans le vide sans répondre. M. Vincent a proposé d'appeler le producteur et l'imprésario de Christale.

— Ils n'auront pas amassé un million avant minuit. Et en coupures usagées! Impossible! Ce type est cinglé.

Le policier qui s'était rendu le premier à la voiture nous a annoncé que l'enquêteur en chef ne tarderait pas.

— Papa, c'est trop dangereux.

Il m'a caressé la joue:

— Tu ne voudrais pas que Christale se fasse tuer, n'est-ce pas?

— Non, mais... Je t'aime plus qu'elle!

— Je ne te demande pas de choisir, ma chérie. On en reparlera plus tard. Maintenant, je dois me rendre au journal.

— La Tortue t'appellera là?

— Je l'espère. J'essaierai de la convaincre de relâcher Christale.

L'agent m'a souri:

— Nous serons toute une équipe pour conseiller ton père.

— On ne sait même pas où aller porter cette rançon, a remarqué Arthur.

— Où est donc ce lieu-dit? a murmuré M. Vincent. La Tortue te le dira peut-être, Marc.

L'autre policier, qui était resté dans la voiture, a reçu un message. Il a fait signe à mon père d'approcher. Ils ont parlé pendant quelques secondes et papa est revenu vers nous.

— Finalement, je dois aller rejoindre l'enquêteur en chef, m'a-t-il expliqué. Claude, vous feriez mieux de tous retourner à la maison.

— Je ne veux pas rentrer! ai-je déclaré.

L'agent m'a alors dit qu'ils discuteraient entre adultes et que ça ne m'intéresserait pas. Croit-il que je suis un bébé?

Anora s'est approchée de moi et m'a chuchoté à l'oreille:

— Obéis. Dans ma chambre, on pourra parler sans témoins. Mais avant, demande une copie de la lettre. On va chercher et trouver avant eux!

Bien que surprise, j'ai suivi les directives d'Anora:

— Bon, puisqu'on doit rentrer, rentrons... Mais j'aimerais recopier la lettre avant de partir. On essaiera de déchiffrer cette énigme de notre côté.

Papa a semblé un peu étonné que je me soumette si vite. Le policier, lui, a paru soulagé:

— D'accord. Mais faites attention de ne pas l'abîmer.

Anora l'a rapidement copiée et papa m'a embrassée en promettant de me rejoindre chez les Vincent.

**

Mme Vincent nous attendait devant la maison, anxieuse:

— Que se passe-t-il?

— J'ai trouvé une bouteille contenant un message de la Tortue! annonça Anora.

M. Vincent a raconté nos découvertes à sa femme. Anora lui a montré la copie de la lettre. Mme Vincent l'a lue avec attention:

— Je ne sais pas de quelle vallée veut parler le ravisseur. Mais il est manifestement cultivé: il fait référence au livre *Qu'elle était verte, ma vallée* et à la Vallée des Rois. Il parle aussi de lieu-dit. C'est une expression qu'on retrouve souvent dans les ouvrages historiques.

— Qu'est-ce qu'un lieu-dit? a questionné Arthur.

— C'est un endroit à la campagne qui porte un nom rappelant une particularité historique.

— Ou géographique, a ajouté M. Vincent. Comme le carrefour des Quatre-Chênes ou la route du Rocher-Pointu. On fait allusion à des arbres, ou à des pierres, ou à toute autre caractéristique d'un lieu.

— Ou à son histoire: le carrefour des Pendus, si on y exécutait des gens, ou la croisée de l'Ermite, si un sage s'était retiré en cet endroit.

— Et il y aurait un lieu-dit près d'ici? ai-je demandé.

Mme Vincent nous a expliqué qu'elle n'en avait jamais entendu parler. Même si toutes sortes de superstitions circulaient, elle ne comprenait pas quel lien existait entre la vallée, le rocher maudit et une fleur diabolique...

— Diabolique? a fait Anora, en fronçant les sourcils.

— Enfin... la fleur du démon. Le ravisseur a sûrement voulu nous effrayer.

— J'espère que les enquêteurs vont le trouver rapidement, a dit M. Vincent.

Mme Vincent lui a tapoté l'épaule:

— Ils vont nous rendre Christale, j'en suis sûre.

— Quand papa aura remis la rançon, ai-je souligné.

Mme Vincent m'a serrée contre elle:

— Andréa-Maria, ton père est très intelligent. Il ne ferait pas une chose s'il la croyait trop risquée. C'est son métier de reporter qui a attiré l'attention du ravisseur sur lui.

— Mais pourquoi lui? Il y a d'autres journalistes!

M. Vincent m'a assurée que lorsque papa irait remettre la rançon, il serait bien protégé:

— Il portera un gilet pare-balles et les policiers seront prêts à intervenir au moindre pépin.

— Comme je connais Marc, a poursuivi M. Vincent, il saura convaincre le ravisseur de rendre sa liberté à Christale. Ce n'est pas la première fois que ton père négocie pour un otage. Il a l'habitude des situations délicates. Il est très fort, je t'assure!

Je savais bien que mon père était un as. J'aurais préféré qu'il soit un peu moins formidable et qu'il passe la soirée avec nous au lieu d'attendre le téléphone d'un fou.

Mme Vincent nous a suggéré de faire une partie de Monopoly dans la chambre d'Anora. Je suppose qu'elle voulait être seule avec son mari.

— Tout va s'arranger, m'a-t-elle promis.

Le ton de sa voix était ferme, mais ses yeux trahissaient son inquiétude.

Anora a sorti le jeu de Monopoly du tiroir de son bureau, tandis qu'Arthur m'offrait un chocolat.

— Je n'ai pas faim, ai-je murmuré.

On a joué sans entrain. Je me moquais bien d'acheter des palaces et des rues ou de faire sauter une banque. Ce que je voulais, c'était que mon père revienne vite. J'y pensais sans arrêt. Il me semblait que mon coeur battait au ralenti et que mon sang circulait moins bien. Anora aussi était silencieuse. Elle avait peur pour Christale.

On a enfin entendu une portière de voiture claquer: papa rentrait.

Je me suis jetée dans ses bras en pleurant. Il m'a serrée très fort en disant que l'opération s'était mal déroulée.

— Tu as parlé à la Tortue? Et Christale?

— Je suis désolé, Claude. Christale n'a pas encore été libérée. J'ai parlé au ravisseur et je suis allé porter la rançon près du pont, à l'entrée de la ville, dans un stationnement désert.

— Tu as vu la Tortue?

Papa a secoué la tête, l'air très las.

— Qu'est-ce que ça fait de se promener avec un million? a demandé Arthur.

— Rien. On a mis des faux billets. Seuls ceux du dessus étaient vrais.

— La Tortue va être fâchée quand elle s'en apercevra! s'est alarmé Arthur.

— Je sais, a soupiré papa. Elle nous a bien eus! C'est un chien qui est venu chercher le sac rouge. Les policiers ont vite perdu sa trace.

— Comment le chien pouvait-il savoir qu'il devait prendre ce sac?

— La Tortue nous avait envoyé ce sac rouge... On l'a reçu juste après que je lui ai parlé. Elle rappellera sûrement cette nuit, quand elle aura découvert la supercherie au sujet des billets. Je dois donc retourner au journal.

Papa m'a embrassée et est reparti aussi vite. Un vrai courant d'air! Maman le dit souvent!

M. Vincent nous a emmenés manger un cornet de crème glacée. Devant la maison brune, il y avait des autos-patrouilles et des camions de télévision. On est ensuite rentrés se coucher. Je ne m'endormais pas et j'ai bavardé avec Anora.

Pendant la nuit, j'ai rêvé que Christale était enfouie sous une montagne d'oeufs de tortue et qu'elle criait. Papa escaladait la montagne, mais il dégringolait sans cesse. Et Christale criait de moins en moins fort.

Chapitre VII
La fleur du Diable

Anora m'a réveillée en me chatouillant avec une plume:

— J'ai une idée. C'est maman qui m'a mise sur la piste hier en parlant de la fleur diabolique. La Tortue a écrit «la fleur du démon», mais c'était pour rimer avec «million». Je crois que le kidnappeur parlait de la fleur du Diable.

— Écoute ça, Arthur, ai-je fait en lui pinçant le nez.

Il s'est débattu dans les draps, mais il a ouvert les yeux.

— On devrait s'habiller en vitesse pour retourner dans le bois. Anora sait où est la fleur du Diable.

Arthur s'est gratté la tête:

— Dans le bois? Quel diable?

Anora s'est expliquée:

— Un diable, c'est la même chose qu'un démon, non?

— Je me souviens: ces fleurs du Diable

sont des trilles!

— Exactement, a dit Anora. J'ai déjà fait un travail à l'école sur cette plante. Il en pousse beaucoup dans la forêt, surtout près des hêtres.

— À côté d'ici?

— Oui. Le problème, c'est que ce n'est pas la saison. On ne verra que les feuilles de la fleur du Diable. Mais au printemps, il y a une mer de trilles en bas de la grande côte, juste avant la source.

— Entre les deux pentes? a demandé Arthur.

— Oui.

— Il me semble que le ravisseur aurait alors parlé de la source.

— Ce serait trop facile. Les policiers auraient trouvé tout de suite.

On a décidé de retourner immédiatement en forêt pour vérifier si Anora avait une bonne mémoire. On a mangé un bol de céréales en vitesse et on a juré à ses parents de ne pas retourner à la vieille maison:

— Les policiers doivent être libres de faire leur travail comme ils l'entendent, nous a expliqué M. Vincent. Et ils ont raison de penser que c'est dangereux pour des enfants.

Anora a promis de rapporter un beau bouquet de fleurs sauvages.

On a contourné le pont, on a vu de loin la vieille baraque, puis on s'est enfoncés dans la forêt. On a couru jusqu'à la source où on a bu de grandes gorgées d'eau pour se désaltérer.

Anora s'est éloignée pour se pencher sur des plantes vertes qui pointaient à travers les feuilles mortes. Je n'avais jamais remarqué que le sol d'une forêt est toujours couvert de vieilles feuilles, même si ce n'est pas l'automne.

— Évidemment, a dit Arthur, personne ne les ramasse...

— C'est joli, ce tapis roux, ai-je noté.

Anora m'a fixée et s'est exclamée:

— «La rousse vallée»! Le ravisseur a écrit «rousse». Voici la feuille de la fleur du Diable. Les feuilles sont rousses!

— Et le rocher?

— Je ne sais pas. Celui de la source n'a jamais été maudit. Au contraire, tout le monde s'y abreuve avec plaisir.

On a examiné le rocher sans comprendre davantage. Mais en tendant la main pour boire de l'eau, j'ai vu briller quelque chose de bleu à travers les cailloux du bas

de la source. J'ai sauté de pierre en pierre pour mieux voir. C'était le talon d'une chaussure.

— Hé! venez voir!

J'ai repoussé les pierres qui recouvraient la chaussure et je l'ai prise. C'était une chaussure bleue avec des paillettes et des broderies.

— La chaussure de Christale! s'est écriée Anora. Elle est venue ici! On est arrivés trop tard!

— Non! Cherchons encore! Le ravisseur n'a pas donné tous ces indices pour rien!

Arthur avait raison. On s'est divisé le territoire autour de la source. On s'est mis à le ratisser méthodiquement en traînant nos pieds, comme si c'étaient des râteaux, et en piquant le sol avec une longue branche. On s'activait depuis quinze minutes quand Anora a poussé une exclamation. On a couru vers elle.

— Regardez ce champignon! Il est délicieux!

Elle nous montrait une forme bizarre sur le tronc pourri d'un grand arbre.

— C'est un pleurote!

Je me suis approchée par politesse, mais ça ne me paraissait pas plus appétissant que du brocoli. Arthur s'est avancé en même temps que moi. Soudain, il a crié:

— Du verre!

Une bouteille était dissimulée à l'intérieur du tronc d'arbre. Une bouteille identique à celle qu'avait trouvée Anora dans la maison abandonnée. Arthur l'a retirée vivement du tronc. Elle contenait une lettre. Arthur a enfoncé un doigt dans le goulot.

— Vite!

— Je fais attention pour ne pas la déchirer! a protesté Arthur.

— Et les empreintes? a dit Anora.

— Un type assez intelligent pour penser à semer tous ces indices n'oublie sûrement pas de porter des gants, ai-je répondu.

J'étais beaucoup trop curieuse de prendre connaissance du nouveau message de la Tortue pour me soucier de ces détails!

Chapitre VIII
La dernière énigme

Arthur a lentement déroulé la missive et nous l'a lue:

Quelqu'un a trompé
La Tortue. Blessée
Elle est rentrée
Dans sa carapace

Ne soyez pas rapaces
Et donnez cet argent
Sans policiers
Pour me guetter
La prochaine fois
Sera la dernière
Ou alors dans un mois,
Dans le ventre du serpent
Aux mille pierres,
Sous la racine d'amour
Mais sans ses atours...
Vous trouverez les dents
Les os de votre beauté

Chris respire aujourd'hui
Mais l'air se raréfie
L'Univers se rétrécit
Un vrai million pour votre poulette
Ou l'ancienne majorette
Près des épinettes
Mourra où elle est née.

La TORTUE

P.S.: Je suis pressé!

— Il veut la tuer! a gémi Anora.

— Il faut montrer cette lettre et le soulier aux policiers, a déclaré Arthur.

— Et à papa. C'est toujours à lui que la Tortue s'adresse.

On est rentrés en courant chez Anora. Mme Vincent nous a écoutés attentivement:

— Vous êtes des as! On va appeler ton père, Andréa.

Mme Vincent a composé le numéro. Elle a d'abord parlé à la réceptionniste, puis à un photographe. Elle a finalement raccroché.

— Ton père n'est pas au journal. Un de ses collègues va lui demander de nous téléphoner dès qu'il reviendra à son bureau.

— Où est-il? ai-je questionné aussitôt.

— Je ne sais pas. Mais on doit immédiatement remettre vos découvertes aux policiers.

Mme Vincent a téléphoné au poste de police. Les enquêteurs sont arrivés quelques minutes plus tard. Anora avait tout juste eu le temps de recopier la lettre de la Tortue.

Après avoir lu le message, ils nous ont demandé comment nous avions trouvé la bouteille et le soulier. On leur a raconté notre expédition près de la source.

— On peut aussi vous aider à deviner où Christale est détenue.

— Vous êtes très gentils, a répondu l'un des policiers, mais nous nous en occupons. Un heureux hasard vous a permis de découvrir cette bouteille. Vous mêler davantage à cette enquête serait dangereux.

— Vous devez rester en dehors de tout ça, a ajouté son collègue.

J'étais furieuse!

— Vous êtes jaloux parce qu'on a tout découvert avant vous!

— C'est ça, ma petite, a rétorqué l'agent. Bon, nous devons remettre cette lettre à notre chef.

— Ne nous remerciez surtout pas! a

lancé Anora.

Le policier le plus âgé a soupiré:

— Vous avez été très bien. Maintenant, nous sommes pressés, excusez-nous.

Ils sont partis aussi vite qu'ils étaient arrivés. Mme Vincent nous a dit de ne pas leur en vouloir:

— Ils vivent une énorme tension: l'enlèvement de Christale fait la une de tous les journaux. Toute la province a les yeux braqués sur eux. On les condamnera au moindre faux pas.

— Ils devraient donc être contents qu'on les aide! a répliqué Arthur.

— Papa sera ravi, lui!

***

Papa, je ne lui ai parlé qu'une heure plus tard au téléphone. Les policiers lui avaient montré la lettre que nous avions trouvée.

— Vous êtes vraiment doués! m'a félicitée papa. J'attends maintenant que la Tortue m'appelle. Elle doit se manifester à midi pile. Une équipe tente de comprendre l'énigme. Si vous avez des idées, rappelez-moi!

Mme Vincent a lu la copie de la lettre:

— On disait que la rivière Kabir Kouba avait été creusée par un serpent... Et il y a bien mille pierres dans une rivière.

— Le ravisseur voudrait noyer Christale? s'est écriée Anora.

— Non, il veut nous terroriser. Il s'amuse... Il se réjouit de l'attention qu'il suscite. S'il veut parler à Marc, c'est parce qu'il tient à ce que toute la presse suive ses exploits.

— Il est sûrement natif de cette ville, a déduit Arthur. Il connaissait la maison et la source.

— Il savait que Christale est née ici, a ajouté Anora. Maman, tu as peut-être raison pour la rivière...

— Raison ou pas, je dois aller donner mon cours d'histoire. Vous serez sages? Je ne veux pas que vous retourniez à la vieille maison. Elle tombe en ruine et vous pourriez vous blesser.

— On ira se promener dans le boisé. Je ne t'ai pas encore rapporté de bouquet.

— Promettez-moi d'être prudents. Pas de folies près de la rivière!

— On sera prudents, a juré Anora.

Dès que sa mère est sortie, notre amie a

déclaré que la solution se trouvait près de la rivière et que nous irions.

— Et notre promesse? ai-je marmonné. Je veux trouver la cachette du ravisseur, mais...

— On va apporter des ceintures de sauvetage et des cordes, a décidé Anora. Si l'un de nous tombe dans la rivière, il flottera et on lui lancera une corde pour le repêcher. Il suffit de prévoir le danger!

— On devrait préparer un lunch, ai-je suggéré.

Pendant que je tartinais nos sandwichs, Arthur et Anora s'occupaient du matériel d'expédition.

Je commençais à bien connaître la forêt et j'ai pu aisément me diriger vers la pente escarpée qui menait à la chute.

— Avec la corde, ce sera facile, a dit Anora. Et personne ne nous verra si on reste tapis près du bois. Il ne faut pas marcher trop près de la rivière. On pourrait nous repérer du haut du pont.

Les grands galets plats qui bordaient la rivière donnaient envie de s'y installer pour pique-niquer.

— On devrait s'arrêter deux minutes et réfléchir à l'énigme, ai-je proposé. La rivière est longue. Il faut savoir où chercher.

— D'accord, Andréa, a fait Anora. Procédons avec logique.

On a sorti notre goûter et la copie de la lettre. Anora nous l'a lue deux fois.

— Qu'est-ce que «la racine d'amour»? ai-je demandé à Anora. Toi qui connais bien les plantes de cette forêt, as-tu une idée?

Anora a hoché la tête:

— Du gingembre! Il en pousse près de la chute. Les Chinois prétendent que c'est un aphrodisiaque.

— Il faudrait que j'en donne à mon frère qui veut conquérir Éléonore Durocher. Qui doit manger le gingembre, elle ou lui?

Anora a éclaté de rire:

— Je ne sais pas si ça marche, Arthur. Mais le gingembre est bon et désaltérant. Il y en a tout près d'ici.

On a suivi notre amie. J'étais impressionnée par toutes ses connaissances. Aussi, je me suis empressée de lui nommer les épinettes quand je les ai reconnues.

— Tu ne t'es pas trompée, a fait Anora. Ce sont des épinettes bleues et elles...

— Des épinettes? a crié Arthur. Le ravisseur en a parlé! On doit être près du but!

Anora relisait la lettre:

— Christale n'est pas dans la rivière, on l'aurait déjà repêchée! Que veut-il dire en parlant du «ventre du serpent»?

— Certains serpents vivent dans l'eau. On les trouve près des rivières. Mais d'autres vivent sur terre, dans le désert. Peut-être y en a-t-il sous la terre...

— Souterrain! ai-je hurlé. La Tortue parle du souterrain!

Anora a renchéri:

— Bien sûr! Il y a mille pierres par-dessus! Il faut trouver l'entrée!

— Regardez par là! On dirait que le sol a été foulé, s'est écrié Arthur.

Il avait bien vu: quelqu'un avait marché près des rochers gris. On s'est rapprochés de la chute et je sentais les gouttelettes dans mon cou. J'ai resserré ma ceinture de sauvetage, car les galets étaient maintenant glissants. Arthur, Anora et moi tâtions lentement les gros rochers quand j'ai senti quelque chose de mou sous mon pied. Je l'ai soulevé: c'était tout rouge.

Chapitre IX
Le passage secret

— Du sang! ai-je bredouillé.

Arthur a examiné ma chaussure, puis le sol. Il a ramassé un petit bâton doré:

— Ce n'est pas du sang, mais du rouge à lèvres.

— C'est à Christale! Regardez, on voit des traces de pas.

On a redoublé d'activité, encouragés par cette découverte. Les pistes s'arrêtaient devant un groupe de pierres.

— Elles sont bien trop grosses pour qu'on les déplace, a dit Arthur.

— Même un homme ne pourrait y arriver seul, ai-je constaté. Comment la Tortue franchit-elle ces rochers?

On a tourné autour des pierres, cherchant un signe qui nous guiderait. Sans succès. C'était rageant!

Furieuse, j'ai lancé mon sac à dos contre les pierres: l'une d'elles a bougé! On a entendu un craquement, puis un long gémissement et une sorte de porte, tapissée de mousse, s'est ouverte.

— Incroyable! a chuchoté Anora. Voici le passage!

— Doucement! a prévenu Arthur. La Tortue est peut-être à l'intérieur.

— Mais non! Elle doit appeler papa à midi. Et il est midi moins cinq. Il n'y a sûrement pas de téléphone dans ce souterrain!

On a lancé un caillou à l'intérieur du souterrain et on a attendu: aucune réaction.

— On y va!

Arthur a demandé à Anora de rester à l'extérieur. Il lui a tendu son sifflet:

— Tiens, tu siffles trois fois s'il vient quelqu'un!

Anora s'est cachée derrière les rochers et nous sommes entrés.

J'avais un peu peur, mais j'étais persuadée de retrouver Christale. On a d'abord marché à quatre pattes, puis le passage secret s'est élargi. Il était fait de planches de bois et de béton. Je me demandais quand ce souterrain avait été construit. Même si je ne possédais pas les connaissances historiques d'Anora, il me paraissait trop récent pour avoir été creusé du temps de l'intendant Bigot.

Le passage débouchait sur une pièce éclairée par une torche. On a pu éteindre nos lampes de poche. Dans un coin, il y avait une chaise et une table sur laquelle se trouvaient des stylos et du papier semblable

à celui des lettres. On a avancé jusqu'à une seconde pièce: par terre, une forme était tassée sur une vieille couverture.

— Christale!

On s'est précipités vers elle. Elle était inconsciente, mais sa respiration était régulière. Elle avait les mains et les pieds liés. Cependant, le ravisseur ne lui avait pas cousu la bouche, comme il l'avait écrit.

— Qu'est-ce qu'on fait?

— On avertit Anora. Elle ira prévenir sa mère, qui appellera ton père. Nous, nous resterons pour garder l'en...

— Chut! Écoute!

On a entendu du bruit venant du souterrain.

— Anora devait siffler, ai-je chuchoté.

— Cachons-nous! a murmuré Arthur. Grimpons derrière ces pierres.

On a juste eu le temps de disparaître. On a vu Anora en larmes poussée par un homme qui ricanait. La Tortue!

— Sale petite curieuse! Tu vas payer! Tu vas rejoindre Christale.

— Lâchez-moi! Je ne connais pas de Christale. Je cherche le trésor de Bigot. Je veux le vendre et m'acheter un ordinateur avec l'argent!

La Tortue lui a fait signe de tendre les mains. Il les a attachées tout en lui demandant qui lui avait parlé du butin de l'intendant.

— C'est maman. Elle est historienne.

— Vraiment?

— Elle est excellente! Elle a reçu plusieurs prix pour ses travaux.

— Et elle s'appelle Michèle Vincent, j'imagine?

Anora a tenté de sourire:

— Vous la connaissez?

— Oui, ma petite. Je suis sûr qu'elle sera rassurée d'apprendre que je te tiens! Elle sait que je fais toujours bon usage de ce que je trouve.

L'homme, qui était grand et maigre, a émis un rire sardonique.

Anora s'est remise à pleurer.

— Tu peux verser toutes les larmes de ton corps, mais tu devrais t'en garder pour demain... On ne viendra pas te chercher de sitôt! Tout compte fait, je ne préviendrai pas ta mère. Ce serait bien qu'elle perde la partie, pour une fois.

— Vous voulez dire que ma mère gagne tout le temps?

— Oui. C'est elle qui a les contrats intéressants, les prix, les invitations dans des colloques prestigieux. Et moi, je reste en dehors du coup, alors que je suis le seul à avoir découvert le passage secret. On n'écoute jamais mes théories et pourtant elles sont bonnes!

— Ce souterrain date de Bigot? s'est étonnée Anora. Ça me paraît étrange: les planches sont en trop bon état.

— Et tu raisonnes en plus? Fantastique! Tu auras de quoi réfléchir... en attendant que je décide ce que je vais faire de toi. Quant à elle...

— Vous avez reçu le million de dollars?

— Non, mais ça ne devrait pas tarder. On me fournit une voiture et le journaliste sera à l'intérieur. Si on me refile encore de faux billets, je tire sur lui. Et je continuerai ensuite. Je n'ai plus rien à perdre!

Heureusement qu'Arthur m'a empêchée de crier. J'avais une envie folle d'étrangler cet homme!

— Mais le trésor de Bigot ne vous suffit pas? a demandé Anora.

— Je ne l'ai pas trouvé! Il n'existe pas! C'est pourquoi je veux ce million! Je vais aller le chercher, mais j'ai besoin d'une preuve que je détiens Christale.

Il s'est dirigé vers Christale. Il a coupé une mèche de ses cheveux et un morceau de sa veste. En voulant prendre une de ses chaussures, il a sourcillé: il en manquait une. Il l'a cherchée, puis il s'est tourné vers Anora:

— Tu n'as pas vu un soulier bleu?

Anora a secoué la tête en suppliant la Tortue de la laisser ressortir:

— Je ne dirai rien, je vous le jure.

La Tortue a ricané, s'est approchée d'Anora et l'a poussée. Anora s'est effondrée. Le ravisseur lui a lié les pieds. Il a souri:

— Au revoir, mes poupées.

Ensuite, il est reparti.

Chapitre X
Les pièges

On a attendu quelques minutes, puis on s'est tous rués vers Anora. Elle reprenait connaissance.

— Que s'est-il passé?

— La Tortue t'a assommée. Ne bouge pas, on te libère.

Anora nous a expliqué comment la Tortue l'avait surprise et lui avait tordu le bras pour l'obliger à la suivre:

— Je n'ai pas eu le temps de siffler les trois coups...

— Ce n'est pas grave. Sortons maintenant!

— Et Christale?

On ne pouvait pas la transporter: elle était trop lourde. Mais on ne pouvait pas l'abandonner ainsi.

— Il faut la détacher. Et la cacher.

On a dû traîner Christale, car elle était aussi molle qu'un spaghetti trop cuit. On l'a dissimulée derrière des planches.

— On sera de retour avant la Tortue, ai-je expliqué. C'est seulement une précaution!

— On devrait apporter l'écharpe de Christale pour prouver aux policiers qu'on dit vrai, a proposé Anora en se glissant vers la sortie.

La porte ne s'ouvrait plus!

— La Tortue a eu peur que tu t'enfuies! ai-je bredouillé. Personne ne sait où nous sommes...

— Sauf la Tortue, a balbutié Anora.

On a brisé une planche en longs copeaux qu'on a allumés à la torche pour économiser les piles de nos lampes de poche. Silencieux, chacun se demandait combien de temps on resterait dans ce souterrain. On cherchait une autre issue avec frénésie. En vain...

— Ce n'est pas le souterrain de la légende, a réfléchi Anora, car il y aurait une issue qui nous mènerait sous l'église du village. Le souterrain serait donc plus long.

Au bout de quelques minutes, Arthur a déclaré que ça ne servait à rien de se lamenter.

— C'est vrai, ai-je approuvé, on a toujours trouvé une solution à nos problèmes.

Une seule personne peut venir nous délivrer: c'est la Tortue.

— Il veut plutôt nous tuer! a protesté Anora.

— Peut-être toi et Christale, mais pas moi ni Arthur. Il ne sait pas qu'on est ici. Il faut le piéger.

— Comment?

— En lui tendant un piège, justement!

Anora nous a demandé de lui donner nos colliers de cuir.

— Je vais essayer de fabriquer un collet comme mon grand-père me l'a montré. Il a attrapé des tas de lièvres avec cette technique!

Comme une magicienne, Anora a défait nos colliers et a assemblé les lanières de cuir en un clin d'oeil.

— Et voilà! Il faut le cacher.

— La Tortue est rusée, ai-je dit. Elle se doutera que tu vas essayer de t'enfuir ou de l'attaquer.

— Et alors?

— Alors, je crois qu'elle viendra vers toi avec une arme. Elle sera sur ses gardes. On devrait endormir sa méfiance.

— Comment?

— La Tortue est très, très orgueilleuse.

Arthur a poursuivi:

— Je crois que j'ai compris l'idée d'Andréa; il faut lui faire croire qu'il domine la situation. Pendant quelques secondes...

On a donc préparé un autre piège.

Qu'on a caché. Ou presque...

Puis on a attendu. Je demandais l'heure pour la vingt-troisième fois quand on a entendu gémir derrière nous.

C'était Christale!

On a couru vers elle et on l'a aidée à sortir de la cachette. Elle avait l'air égaré et on a dû lui raconter plusieurs fois ce qui s'était passé. Christale a fini par comprendre. Elle nous a raconté qu'elle avait été enlevée juste après nous avoir quittés, en sortant de chez les Vincent.

— Un homme m'a abordée en me disant qu'il voulait faire une surprise à ta mère.

— À ma mère?

— Il a dit qu'il avait étudié avec elle. Il m'a montré des photos de groupe prises à leur école. J'ai reconnu ta mère et l'homme... Il me demandait seulement de signer une carte de voeux géante. J'ai accepté. Je l'ai suivi. Et je me suis retrouvée ici... Je n'ai même pas pu discuter avec ce type, il m'a droguée. Je suppose que j'ai dormi longtemps.

— Tu es là depuis hier midi.

— Comment sortir?

— On a tout préparé.

On a expliqué notre plan à Christale. Elle devait s'allonger là où on l'avait trouvée. Anora s'affalerait aussi à la place où la Tortue l'avait laissée. Elles ne devaient réagir qu'au moment où la Tortue s'approcherait d'Anora. C'est alors qu'on a entendu des craquements au bout du souterrain.

— Tu es prête? ai-je demandé à Anora.

— Oui!

Comme prévu, l'homme s'est avancé vers Anora très lentement. Il tenait un revolver. Christale a gémi. Surpris, le ravisseur s'est immobilisé. Et il a remarqué un bout de lanière de cuir à demi caché sur le sol.

Il a éclaté d'un mauvais rire:

— Ah! petite garce! Tu m'avais tendu un piège! Je vais te corriger!

Il s'est approché d'Anora en grimaçant. Il s'est alors pris le pied dans le second piège! Il a trébuché et a atterri contre les pierres. On a aussitôt bondi avec notre

corde, tandis que Christale ramassait son arme.

— Je ne sais pas ce qui me retient de te transformer en passoire! a lancé Christale à son ravisseur.

— Je vais rester ici avec toi, l'a rassurée Arthur, pendant qu'Anora et Andréa iront chercher de l'aide.

— Et quelque chose à manger! a imploré Christale. Je meurs de faim!

Décidément, cette femme me plaisait beaucoup.

****

Plus tard, tandis qu'on dégustait des saucisses aux herbes grillées, Michèle Vincent nous a expliqué qu'elle connaissait effectivement la Tortue:

— Je vous en ai parlé. C'est ce prétentieux de Norbert qui pensait toujours tout connaître, tout savoir. Il n'a pas découvert ce souterrain: il l'a fabriqué. Mais il voulait qu'on croie qu'il l'avait trouvé. Il avait décidé d'acheter de l'argenterie ancienne avec le million de dollars de la rançon. Ensuite, il aurait clamé à l'Univers qu'il avait découvert le fameux trésor...

— Il est donc toujours caché, a murmuré Anora.

Je lui ai fait un clin d'oeil. On le retrouverait bien un jour!